도깨비도
못 할
사랑
지우기

차례

이러는 게 맞나 싶기도 하다가
이때 쯤 해보는 것도 괜찮겠지 싶어 저질렀습니다.
좋지 못한 글 솜씨지만 좋은 마음으로 읽어주셨으면 합니다.

이런 저런 형식에 구애받지 않고 일기 쓰듯
그때그때 보고 들은 감정들을 나름대로 옮겨보았습니다.
이해 안 되고 마음에 차지 않는 글도 많으시겠지요.
그래도 어려운 말 찾아 유식한 척 쓰려 애쓰지 않았습니다.

쉽고 일상적인 단어로 솔직한 감정을 담아보고자 했습니다.
무협소설 읽듯 빠르게 읽지 마시고
조금 한가할 적에 여유를 가지고 몇 편씩 천천히 읽으셨음
좋겠습니다.
티를 찾으려 하지마시고 공감되는 부분을 찾듯 하시면
좀 더 나은 독서시간이 되리라 봅니다.

세상사는 동안 항상 이별이 함께 한다 생각합니다.
가족, 친구, 추억 그 외 모든 것들과..

연연과 이별을 하신 분들이 계시다면 조금의 위로라도 되길 바라며, 더 좋은 사랑 시작하시길 바랍니다.

독자 여러분들 모두 행복하시길 진심으로 바랍니다.

잘 가

간대요

말을 해야 하는데
목이 메어서
숨이 안 쉬어져서

멍청히 서 있다가
저만치 멀어져 갔을 때야
손 던져 허공만 휘휘 젓다가

잘 가라

흔드는 손대신 고개를 저어요
잘 가라고
아프지 말라고
손 대신 고개를 흔들어요

이젠 보이지도 않는데
뿌옇게 변해가는
그 길 끝 바라보며
고개를 흔들어요

8

잘 가라고
끝내 말도 못하고

까치발 들며 고개만 흔들어요

이별

막말도..

눈물도..

저주도..

축복도..

아무것도 없는

그런
이별을 했다

짧은 인연

몇 년짜리 인연이었던 게지
그 몇 년이 다인 게지

수십에 백도 넘을 인생
고작 그 몇 년인 게지

그것으로
수십 년을 그리워 할
그런 인연인 게지

참 몹쓸 것이
그 인연인 게지

보고 싶다

자꾸만 너 있는 쪽

하늘을 바라본다

.

.

네가 비치기라도 할 듯

밤 눈

늦은 밤

내다 본 창밖엔
까만 하늘이 하얗도록 눈이 오십니다

어딘가
그리운 임 따뜻이 덮고 잘 듯

하얀 솜이불같이
그렇게 눈이 오십니다

누가 볼까 발소리 속여 가며 임 찾아가는
소싯적 그 총각같이

눈 오는 밤
누구는 나만큼 그 생각 하실런지

하얗게
하얗게

소리 없이 눈이 오십니다

이 밤..

낙엽

낙엽지네
한 철 햇빛모아 열매 맺어놓고
겨울오니
첫눈처럼 낙엽지네

아프게 떨어지고 흩어져
흙으로 문드러지며
새 봄에 다시 보자고
그대 자리 낙엽지네

가을가고 남은 바람에
눈물내리 듯 낙엽지네

그 낙엽
서러이 부서지네

발자국

잘 발라놓은 마당에
작은 발자국
채 마르지도 않았는데

개구쟁이 장난이 맞겠지

애써 달래 논 가슴에
너의 발자국
마르지도 않을 가슴

그래도 사랑이 맞겠지

가는 너야 조심스레 떠나갔지만
보이지 않는 발자국

이 가슴 한가운데
콕 밟고 섰다

친구

친구라 생각했는데
좋은 친구라 생각했는데

늘 같이하던 술 한 잔에
불쑥 찾아온 뜨거운 입술

찬바람에 자꾸만 깨어가는 술기운
이 술 깨면 어찌 볼까

같은 곳만 바라보고 앉았는데
머릿속은 복잡하기만 하고..

이렇게 헤어지면 내일은 어쩌나

이 밤
길기도 하겠다

짧기도 하겠네

잠도 못자겠지

희망사항

따뜻한 아랫목에 배 깔고
문 열면 바다보이고

너른 뒷 창으론 풍경
산수화처럼 보이는

그런 한적한 곳

지금 거기
있었음 딱 좋겠다

게다가
비마저 내려주고

개다리소반에 소박한 안주
그리고 막걸리 한 주전자

또 그리고
당신

상처

상처가 났습니다

많이
아주 많이 아팠습니다

피도 멎고 아무는 듯하더니
곪아서 많이 부었습니다

터질 때도 된 거 같은데
아프고 거치적거리고 터지질 않습니다

어찌할 줄 몰라
이제 터트리려 합니다

아프겠지요

그래도 아물며 나아가겠지요
아팠던 것도 잊혀 지겠지요

흉터가 남겠지요

상처가 깊었으니 흉터도 크겠지요
보면 아팠던 기억도 나겠지요

가끔은 아문 흉터가 아플 날도 있겠지요

비가

비가 오고요

비가 오구요

비가 옵니다

비가 오네요

내가 참 좋아하는 비가 옵니다

그 비가 지금 옵니다

당신도 그렇게 왔음 참 좋겠습니다

버려

다 버리고 가

추억도 아픔도
다 던져버리고 가

내가 천천히 가면서
다 주워갈게

추억이 아픔이
두 배가 되더라도

견디며 살다보면
나도 버릴 날 올 테지

트루먼 쇼

각자마다
많을 수도 적을 수도
알 수도 모를 수도
언제든 어디서든
바라보는 지켜보는

그렇게 우리는
보일 수밖에 없는
보여 지기 위한 삶을 살지

산다는 일은 열심히 열심히
단지 누군가에게 보이기 위해
더 잘 보이려 어떻게든
더 열심히

때론

포기한 척 사는 삶
포기한 삶은 없다
언제간 보일 수 있는 삶을 기다릴 뿐

나만을 위한 삶
스스로의 만족만을 위한 삶도 없다
봐주는 이 없으면 살 이유도 없으니까

어쩌면
이 지구는 스튜디오고
우리는 모두 투루먼 일 수도 있겠다

이렇든 저렇든 어떻게든
살아내다 보면
언젠간 이 세상 끝에 닿을 수 있겠지

그때는
편안해 질 수 있을까

그 겨울..

햇살 가득 찬 거리에
함박눈..

전활 걸었다
반가운 목소리
장난기에 아무 말 않고 끊었다

바로 전화가 울리고
뭐야~
짧은 통화..

그 목소리
지금
내 앞에서 쉴 새 없이 재잘댄다

되는대로

마음대로 되지도 않을 거

생각나면 생각나는 대로

잊히면 잊히는 대로

어차피

희미해질 인연

離別詩(이별시)

핏발서는 눈시울
차마 잘 가라는 인사는
입안에서 맴맴

우연..
그렇게 오시더니
이렇게 떠나시오

멋대로 흐르는 시간을 탓하랴
잡지도 못할 인연
그저 아쉬운 고마움에
먼발치서 손만 흔들흔들

떠나야 할 무거운 발걸음에
돌아서지도 못하고
이제 시작된 그리움에
같이 손만 흔들흔들

가시거든
부디 건강이나 하시오
잘 있단 소식이나 전해주오

어느 날

또 다시 우연처럼 스치거든
따뜻한 손이나 내어주오

빈 잔

차마 못 잡고 떠나보낸 뒤
돌아앉아 내다 본 창밖엔 비

허전한 맘 달래볼까
잔엔 술 채웠는데

가슴 속 비워진 잔은
술을 부어도 차지를 않네

빈 술잔이야
내가 채우면 그만이지만

말도 없이 비우고 떠난 자리
누가 채워 주려는지

종일 부어 마신 술병은
다해 가는데

허전한 가슴 빈 잔은
채워지질 않네

술잔은 술이 차고 넘치고
가슴은 눈물 차고 넘치고

술로 차지 않을 잔이라면
가 버린 추억으로나 채울까

말 좀 해

서로 감정만
서로 답답하기만

눈치가 없어서
미안해
미안하니까..

뭐가 미안한지 묻지 말고

말을 해
말을 안 하는데
초코파이도 아니고

말을 해
사과든 변명이든
뭐라도 하게

말을 해
말을

싫으면
문자라도

제발 좀..

이별 2

처음 하는 이별도 아닌데
뭐가 이리 힘든지

익숙해질 만도 하건만
할 때마다 새롭네

살아가야 하니까
몇 번은 더 해야 할 텐데

그걸 다 어찌 버틸지

헤어지기 무서워
사랑도 못 하겠네

이별..

사랑만큼 힘들다

이치

꽃만 보이더냐

한순간 피고 지는
그 꽃만 서럽더냐

겨우내 버티고
애써 싹을 내고
그렇게 꽃은 피고

젊은 그대여
아는가

아쉬운 후회로 보내는
그 꽃이 떨어져야
주워 먹을 열매가 맺힌단 걸

이 세상

꽃다운 젊음만 살아가는 게 아니 듯

그대 보이면

새벽 구름 사이로 비치는 첫 햇살에
그대 보이면
밤새 써 놓은 편지 띄워 보내고

아침 햇살에 구름 녹아 사라지고
그대 보이면
못다 한 인사 손 흔들어 보내고

오후 푸른 하늘에 새 한 마리 날고
그대 보이면
환한 웃음소리 실어 보내고

저녁노을 민둥산 언저리 걸쳐지고
그대 보이면
작은 잔에 술 가득 부어 보내고

한밤 초승달 샛별 품고
그대 보이면
종일 모은 눈물 흘려보내고

무제

바라본다 하고선

지켜달라 하고선

..

넌 어딨니?

덕순이

천방지축 들로 산으로 뛰어다니던 말괄량이 덕순이
작은 키로 나무도 잘 탔지
학교 가고 싶다 울고불고
개구진 큰오빠는 나뭇가지 깎아 연필이라 놀렸지

그렇게 세월 흘러 시집간 덕순이
새신랑 군에 가고 시집살이 3년
먹고 살아 보겠다고 시작한 서울 살이
이 장사 저 장사 소금 장사
어린 자식 업고 끌고 억척스레 살았지

허름한 가게 하나 그럭저럭 살 만하니
이런저런 우환들
억세게 버텨 내며 어찌어찌 살다 보니
여기저기 상한 몸뚱이

자식 손주 바라보며 행복해 보려 한 여생
그마저도 맘 같지 않네

그래도 이번 생
참 열심히도 살아 냈다

덕순아 고생했다
후회 말고 잘 떠나자

엄마..

포트 홀

비온 뒤 길에 파인 작은 웅덩이
떠나간 발자국마다 고인 눈물

가는 걸음 많이 무거웠을까
보낸 눈물도 많았나보다

작고 깊은 샘

지나는 이들 피해 가는 게
그 눈물 넘칠까 싶은가보다

보내고 마신 술일까
잡고서 흘린 눈물일까

작고 깊은 샘

다들 피해 가는데
까마귀 한 마리

목 적신다

산다는 거

죽지 못해 사는 건 없다

가만 숨만 쉬어도
그 나름 의미가 있는 거다

멍하니 앉아만 있어도
깊은 의미가 있는 거다

그냥 낳아져서 사는 건 없다

필요한 무엇이기에
낳아지고 살아지는 거다

그래서
소중하지 않은 것은 없다

너도..

이거밖에 해줄게 없네..

이거밖에 해줄게 없어 미안해..

그렇게 멋지게들 말하지
그 이거다운 이것도 없는 사람

나의 이것은 항상
그의 빈정만 상하게 했다

그거 밖에 없느냐고
그 말밖에 없느냐고

내 이거는
항상 혼났다

붉은 하늘

해 질 녘 노을이나
해 뜰 녘 여명이나
뭐가 다른가

붉게 타는 것이 같더라
찬란하더라
황홀하더라
눈부시지 않아 눈물겹더라

서서히 밝아질 테고
천천히 어두워질 뿐

뭐에는 소원 빌고
뭐에는 한숨 쉬는가

한 바퀴 돌고나니 그것이 그것이더라

재회

다음엔
리우데자네이루에서 만나요
아무도 모르게

그렇게 사랑을 만나야 하는 것이 슬프네요

다음 생엔
흘란바이르푸흘귄기흘고게러훠른드로부흘흘란더실리오고고
고흐에서 만나요
누구도 알지 못하는 곳에서

그렇게 사랑을 만나야 하는 것이 슬프네요

늦은 사랑

사랑

몇 번을 해도
어린 사랑
서툰 사랑

이별

몇 번을 해도
어린 이별
아픈 이별

늦은 사랑
헤어나질 못하네

늦은 이별
곧 찾아 올 텐데..

이별통보

난!

난?

난..

미련

잊으라고..
이제는 잊으라고..

머리는 알아듣는데
몸뚱이조차 그만 가자는데

가슴
가슴이 박혀 빠질 줄 모릅니다

바람
바람처럼 스쳐가고 싶은데

이 가슴
가슴이 지쳐 쉬이 떠나지질 못합니다

너의 이름

그리워
너의 이름을 써보고

잊자며
그 이름을 지우고

그러기를 여러 번..

파도가 쓸어가 버린
그 이름

지울 수 없는 상처로 남았다

써보면 아픈 이름

불러보면 서러워
눈물이 대답해 버리는
당신의 이름

그 이름

또 다른
나의 이름입니다

바보

기다렸어
기다리다 지치니까 웃음이 나오더니
노래 가사 한 소절엔 눈물도 흐르더라

힘들게 참아 온 것이
순간 눈물 되더니
또 거품 되더라

전화기 위 떨리는 손가락
저만치 들리는 신호음..
네 번 만에 끊었다

목소리라도 들려오면
눈물이라도 고일까 봐
목소리라도 떨릴까 봐

차마 기다리지 못하고 끊어 버렸다

바보같이

바보처럼

바보니까

바보

체념

나의 그리움이
그저 공허함이라면

그렇게 될 뿐이라면

외쳐 부르는 것도
소리 내어 우는 것도

그저 속으로 삭이려오

조용히
가슴에 묻으려오

내 사랑

내 사랑
참 힘들다
초등학생 손들고 벌서는 만큼 힘들다

내 사랑
참 어렵다
초등학생 수학문제만큼 어렵다

내 사랑
참 아프다
초등학생 손바닥 맞는 만큼 아프다

내 사랑
그립다
그 시절만큼 그립다

재회 2

당신을 만났습니다
오랜만에..

시장 구경도 하고
맛난 저녁도 먹고
바닷가에서 술도 한 잔 했습니다

참 즐거운 시간을 보냈습니다

그러다 볼이 따뜻해..

어두워 더듬더듬 커튼을 열었더니
창밖은 환하고
베개는 젖어 있었습니다

꿈을 꾸었나 봅니다

못내 아쉬워 다시 눈을 감는데
그저 어두울 뿐이었습니다

오늘
참 즐거운 꿈을 꾸었습니다
어서 일어나 얼룩진 베갯잇이나 다시 빨아 말려야겠습니다

뭐에 이리 젖은 건지..

50

술주정

밤새 한숨 못잤어
마음이 하도 떠들어서

손이 발이 하도 주정을 부려서
어따 전화하겠다고
어딜 찾아가겠다고

술은 내가 마셨는데
주정하는 손발 뜯어말리느라
한숨 못잤어

마음까지 시끄럽게 떠들어서
정말 한숨 못잤어

기대

인연이라면 다시 볼 수도..
다시 찾아올 수도..

그때
내 사랑이 남아있어야 할 텐데..

내가 가야지

보내지 말걸
떠나보내지 말걸

헤어짐 후 힘들 걱정에
이러지도 저러지도
하릴없이 시간만 떠나보내고

내가 떠날 걸
내가 떠났어야 할 걸
어차피 헤어질 줄 알면서

떠나가길 기다린 걸까
떠나보내길 기다린 걸까

이미 늦어진 발길
이 밤 지나면 떠나가야지

날 기다릴 세상으로
아침 일찍 눈 부비며 걸어가야지

새벽오고 날도 새고
이젠 내가 가련다

젊은 날

버릴 것은 버리고
안되는 건 포기도 하자

그리고
조금이라도 젊은 오늘
뭐라도 하자
일도 노래도 연애도

내일은 좀 더 늙어져 있을테니

젊은 오늘
더 젊은 지금
아무 거라도 하자

손해 볼 것도 쪽팔릴 것도 없다
언제 어떻게 갈지도 모를 거

하자
놀자

더 많이 젊은
지금

새

새는 가둬 두는 게 아니야
생기를 잃고 공허해지기만 할 테니

날려 보내고 귀한 시간 쪼개어
난 그 새를 기다릴 수밖에

새는 날려 보내 준 건 잊었을 테고
가둬 둔 기억만 가지고 갔겠지

그래도 그런 기억이라도 잊지 않고
생각해 준다면
난 행복해할 수도 있어

지금 어디에서 행복한 날갯짓을 하고 있을까

어떻게든 생각나는 건
나만 그런 건 아닐 테지

내 사람

힘들 때
곁에 있어줄 사람
같이 슬퍼하고
아파해 줄 사람

후 엔..

그리워해 줄 사람

내가
그리워 할 사람

그 모든 것 때문에

가장 그리울 사람

풍경

망쳐놓은 풍경화에
마구 그어버린 줄처럼

비가 내린다

부러진 안테나를 원망하며 바라본
오래된 전화기엔 역시 오래된 TV처럼

또 그렇게 비가 내리고

그 비
그 뒤엔 풍경이 있다

너는 없다

비 내리는 풍경 속 어디에도
네가 없다

여름, 겨울 그리고 봄

아프던 여름 지나
길고 지루한 겨울

뜨겁게 아프던 여름
지루한 기다림의 겨울

좋아하던 계절
힘들게 지나간다

다시 좋아지겠지
이 계절

언제든
언제가 되든..

지금
이 바람

봄바람인가

아들

어머니 손등의 주름은 어느새 이렇게 깊고 넓어졌나요

출퇴근 잠시 열어 보던 문을
오늘은 웬일인지 밀고 들어갔는데

이거 하나 먹어 봐
건네주신 밤 한 톨
그걸 쥔 손등이 눈에 들어오는데
나도 모르게 눈앞이 뿌예지더이다

말없이 밤 한 톨 들고 나오는데
들썩여지는 어깨
어머니 보실까
조심스레 나왔지요

한참을 밤 한 톨 바라보며
내일부터는 자주 오래 들여다보고
얘기도 나누어야지 생각했습니다

오늘 아침 출근 때도 그냥 나왔네요
퇴근할 땐 꼭 들러야지

매일 매일 혼자 하던 나와의 약속
다시 한번 되뇌어 봅니다

느티나무

한창 봄

하릴없이 부는 바람은
어린 느티나무를 이쪽으로 저쪽으로
괜스레 흔들어 댄다

햇빛 고운 오늘도
심술인지 장난인지
어린가지 흔들고 훌쩍 도망간다

나무는 아무 일 없단 듯
마냥 햇빛을 즐기고
떨어지는 잎새는 바람 따라 날린다

나중에

이 다음에
튼튼하고 커다란 나무되거든
그래서 바람 다시 찾아오거든
아무 일 없단 듯 웃어 보내련다

언제구 다시 찾아와 쉬어 갈 수 있도록

좋다

좋다
비 오고
노래 좋으니
참 좋다

슬퍼도 좋고
좋아도 좋다

비 오고
술 있고
생각나니
참 좋다

눈물 나게 좋다

무제 2

하늘은 날 보구 우는데
나는 하늘 보구 원망한다

하늘은 왜 우는지
나는 왜 하늘만 원망하는지

후회

우리 부모님은 천년만년 사실 줄 알았지
그래서 천천히 효도하려 했는데

아버진 벌써 떠나가시고
엄마만 홀로 남아계시네

지금이라도 효도 한번 해 보려는데
할 줄 아는 것도 없네

마음같이 되질 않네
아무것도 못 하겠네

천년만년 사셨으면 할 수 있었을까

아마도..

내가 내 가슴을 후벼 파는지
내가 내 가슴에 못을 치는지

아프다

아기 풀

공원 벤치 밑
몰래 숨어
빼꼼히 얼굴 내밀고
가만히 훔쳐보는..

너..
작년에도 거기 있었니

초록 아기 풀
언제든 찾아와
몰래 훔쳐보는

날 짝사랑하는 아기 풀

기억

오랜만에
그 바다

그대로인 금빛 출렁임
걸어 본다

백사장
이렇게 길었었나..

따라와 부서지는 하얀 포말

이 바다
이 냄새
흐려지겠지

그 모습까지..

무제 3

답답하거든
소리쳐

섭섭하거든
말하구

우울하거든
술도 마셔보고

슬프거든
소리 내 울어도 보구

그래도 안 되거든

참아..

꾸~욱

어린 만남

애초의 어린 만남은
어린아이 이사 가듯
끝나 버렸지만..

그렇게 남은 그리움은
영화 속 소설보다
애틋합니다

또.. 봄..

며칠 아슬아슬하더니
드디어 터트렸다

뒷동산
산수유도 모과나무도
노란 꽃 연두 잎
뚱하니 삐딱한 대추나무만 아직..

졸린 볕에 잠자듯
소리 없이 봄을 맞는다

어느새
지나는 사람들 옷도 발걸음도
봄바람처럼 가벼웁고

뛰노는 아이들 얼굴에도
그저 봄.. 봄..

매번 만나도 반가운 봄
언제나 어김없이

또.. 봄..

외로움

손 꼭 잡고 걷던 강가
둘 곳 없어 흔들흔들 혼자 걷다가

문득 빈 손 들어
그 날 기억 찾아봅니다

아직 저녁바람 서늘한데
촉촉한 손바닥은 무슨 까닭인지..

강물에 씻은 건지..
기억을 씻은 건지..

같이 바라보던 강 건너 불빛 아득하니
눈가는 또 왜 이리 촉촉한지..

저 강물은 흐르는데
이 기억은 얼었는가

하릴없이 흔들흔들 마저 걸어봅니다

또 이별

어떤 기억이
떠오르다 사라지길 여러 날

희미해져 갈 즈음
우연인 듯 찾아온 재회

반가움..
기대..

그것도 잠시

아쉬운 눈물과
또 다른 이별이었습니다

두려운 사랑

다시 누군가를 사랑하게 된다는 거..

어떤 이는 기쁘고 행복할 수 있겠지만
어떤 이는 불안하고 두려울 수도..

그를 느끼고 즐거워할 사람
그를 외면하고 숨어들 사람

나
또다시 사랑..

난 술을 마시고
난 담배를 태우고
그 담배로 기억을 태워 보내고
그 술은 몽롱한 꿈으로 잠재운다

내일이면 또다시 떠오를지언정

그러면
난 또 술을 마시고
담배를 태우고

그렇게 또 내일도..

친구 2

친구를 만났습니다
오랜만에..

철없이 좋았습니다

지난 얘기..
시답잖은 농담..

그렇게 짧은 시간 보내고
다시 헤어질 시간

적당한 아쉬움..
기약 없을 재회..

옛이야기 떠나보내듯
따뜻한 악수에 작은 떨림

오래된 친구
더 아쉬운 헤어짐

또 볼 수 있겠지만
그때가 언제일지

기다려지겠지요
그때까지 서로 조금도 잊지 말길

이제 막 헤어졌는데
지금 또..
막 보고 싶네요

밤 달

올려다 본 밤하늘
조금 더 작아졌다
매일 조금씩 물들어 간다

저 달
노란 달이 작아지는 건지..
검은 밤이 커지는 건지..

다시 노랗게 물들겠지
조금씩 조금씩

커지든..
작아지든..

달이 차면 어둠은 흐려지고
달이 지면 더 검게 어두워지겠지

기억 속
너처럼..

넌

달이니?
밤이니?

무제 4

사랑한단 말

안 한다 뭐라 하더니
나도 들어본 기억이..

문득 생각나고
바로 잊혀도 좋을 기억

사랑도 인생도 코미디

지나고 나면..
아프고 나면..

웃음이 난다

코웃음이든..
쓴웃음이든..

사랑 나누기

한 사람 사랑하여 일백
내 사랑 다주려
결혼을 했는데

아이 나오니 오십
둘 나오니 이십오

이 사람 저 사람
나눠주고 챙겨주고

한 사람 돌아보니
바닥 난 내 사랑

빌릴 수도
만들 수도
이제는 없는 사랑

개나리

찬바람 가실 즈음
노오랗게 오시더니

더운 바람 오실 즈음
파아랗게 춤을 춘다

봄 2

볕이 좋아 걷다가..
유모차 탄 아기를 봤다

빤히 바라보는데

아가..

뭐가 그리 좋으니
그리 밝게 웃게..
뭐가 그리 슬프니
그리 서럽게 울게..

횡단보도 건너 다시 걷는다

넌..

뭐 그리 진한 사랑을 했다고..
뭐 그리 아픈 이별을 했다고..

새 봄 오는데
새 사랑도 오려나..

우리 엄마

집에서 하루 종일 뭐해..
하는 일도 없으면서..

그런데
우리는 깨끗하고 따뜻한 방에서
반찬 없다 핀잔하며 배부르게 밥을 먹고

아침엔 깨끗이 빨려진 옷에 양말을 신고
어디선가 생겨난 자랑할 만한 도시락을 가방에 넣고
고맙단 말도 없이 사라진다

저녁이면 또 다시 투덜대며 빈 도시락을 던져놓고
아무 한 일없는 엄마의 밥상을 당연히 받고
따뜻한 잠을 청한다

우리 엄마는 하는 일도 없이
우리를 쉬게 한다

이사 가는 날

장롱 밑에서 몇백 원
부엌 싱크대에서 또 얼마

반갑게 마주치는
낡은 옷 속 구겨진 지폐 몇 장
보지도 않던 백과사전 사이 비상금

그리고
낙엽 말려 적어 놓은 추억 책갈피

집어 드는데 힘없이 부서졌다
읽지도 못했는데..
가만히 바라본다

이젠 주워 붙일 수도 없는
까맣게 잊고 있던
작은 비밀들

내 어린 추억
내 젊은 추억

많이 아쉬운 내 모양 같구나

짧은 재회

잊힐 듯..
잊혀질 듯..

잊었구나 싶다가
언뜻 떠오른다

행복하겠지

영화 같은 우연한 스침
어색한 눈 맞춤

이런
이제 또 어찌 잊을꼬..

이젠
어찌 할 수도 없는데..

콤파스

그 사람 저만치 있는데..

난 콤파스처럼
항상 그 만큼의 거리로 원만 그린다

다가서지도
떠나가지도 못한 채..

마음과 다른 말만 입을 거치고
가슴과 다른 행동이 그를 웃게 한다

그 웃음에 만족해하며
난 원만 그린다

다른 곳 바라보는 그를 보며
오늘도 원만 그린다

억지로 좁힐라치면 부러져버릴
녹슨 콤파스처럼

술

술 이란 거
참 좋은 것이야

사람을 희미하게 해주거든

몰라.. 모르지..
그 희미함

그러길 바라고 마시는지

희미할 때
그래.. 취할 때..

하고 싶은 생각도 하고
보고픈 사람도 보고
하고픈 고백도 하고

또..

그래
가끔은 취해도 좋아
희미해지도록..

눈에 눈물 맺혀도 창피하지 않도록..

떠나간 후

햇살..
머리 위로 포근하다

바람..
다리 사이를 간질이고

은은한 음악..
손가락이 춤을 춘다

눈 감은 오후..

온몸이 짜증으로 가득하다

비

아침부터 흐려지던 하늘
탁한 색 가득 안고
어느새 머리 위까지 내려와 앉았다

막 울어 버리기라도 할 듯..

그러다 비
자작자작 내리더니
점점
거추장스런 옷이 무거워지도록 내린다

집에 가야 하는데..

우산도 없는데..

바보 2

메아리 없는 야호는
오래 하는 게 아니야

바보밖에 될 수 없어

근데 난
왜..

바보가 되려 하는지

바보처럼..

봄나물

얼어 굳은 그 이불
힘차게 걷어내고
앳된 얼굴
파랗게 내어낸다

바람에 눈 부비며
하늘과 태양
따스한 향기
마주 한다

이제..

어린누이 고운 버선에
살포시 밟히어도 좋겠다

그랬으면 좋겠네

네가..
난 네가 그랬음 좋겠어

낮에 일을 하다가도
내 생각에 흐뭇하게 웃었음 좋겠어

저녁에 뭘 하든 또 내 생각에
또 그냥 미소질 수 있었음 좋겠구

밤엔 베개 안고 침대에 앉아 내 생각하며
웃었으면 좋겠어

그러다 전화 한번 줘도 좋을 테구..
그저 그냥 잠들어도 난 좋을 테구..

그렇게 아침
또 내 생각으로 가슴이 두근거렸음 좋겠어

욕심인가..

그래두
난..

네가 그랬음 정말 좋겠어

비 마중

구름도 없었는데
바람도 좋았는데

어느샌가

소리도 없이
비가 오는 모양이다

나 왔어..
땅바닥 두드리는 냄새

창밖 한번 넘어다보고
새어 나오는 웃음 숨기며

차 한 잔 타서 들고
왼손에 우산 들고

반가운 친구 안부 물으러
비 마중 간다

사랑가

수많은 사랑
수많은 이별
쏟아지는 사랑얘기 이별노래

사랑..
이별..
그게 뭐 별거라고

사랑만큼 이별

그 지극한 사랑
어차피 맞아야 할 이별
목매지도 애절하지도

또 다시 다가올 사랑
그 손잡고 따라올 이별

이별..
사랑..
그거 참 별거더라

이별만큼 사랑

영원할 것 같은 사랑
길지도 못할 사랑
끝내 어긋날 사랑

사랑이 뭐니?

알지도 못하면서..

재회 3

오랜 이별
짧은 재회
어색한 인사

그리고
여운..

감당키 슬퍼 웁니다

늦은 밤
맨 살을 스치던 바람은

안으라는 건지..
말라는 건지..

꽃

피는 꽃은 예쁘다

다 핀 꽃도 예쁘다

시드는 꽃도 예쁘다

장미꽃도
할미꽃도

꽃은 다 예쁘다

꽃이기에

나에게
너는 꽃이다

낮달

임 가시는 밤길 걱정스러
밤새 지켜보던 달

말도 못하고 앓다가
앓다가

못다 본 임 못내 그리워
그리워

한숨 잠도 못 자고
저 산 넘어도 못 가고

하얗게
낮달로 오셨나 보다

창백한
저 달

애달프다

잡초

이뻐서 좋은 것이 아니다
싱싱해서 좋은 것이 아니다

어떻게든 살아 낸 것이 기특하고..
살아가는 것이 어여뻐서..

그리고

항상
바라봐 줘서..

좋은 것이다

고마운 것이다

사랑스런 것이다

그날

가라

꺼낼 수 없는
깊은 기억 속으로

기억할 수 없게..

영원히 내 안에 있을 수 있게..

가라

만질 수 없는
깊은 가슴 속으로

느낄 수 없게..

이 심장 멈출 때 함께할 수 있게..

잊어야 할 잊지 못할
그날..

장미

들뜬 마음으로 바른 파란 벽지
붉은 핏방울 흩뿌려졌다

기다리다 지쳤는가

비에
바람에
지쳐 뚝뚝
떨어지고 밟혀지고

맨 바닥에
붉은 핏자국으로 번지고는

마침내

시간에야 지워질
검은 흉터로 남았다

다짐

비 내리던 중
떠오른 기억 한 쪽

뺨을 타는 빗물은 왜 이리도 미운지

이제 그만

손엔 술잔
가슴엔 후회

다신 이런 기분으로 술 안 마셔

어제 이 맘 때 했던 다짐

그나저나
이 비는 언제 그칠려누

딴 사랑

딴 사랑하러 간 것뿐
내가 싫어 간 건 아니니..
하자

불쌍해지려 애쓰지 마라
딱히 불쌍해 보이지도 않는다
한낱 이별 한 번 더 한 거..
수선 떨지 마라

수없이 할 이별
여러 날 지난 후 낯 뜨거워질까

불행해지려 애쓰지 마라
딱히 불행해질 것도 없다
흔한 사랑 한 번 더 한 거..
부산 떨지 마라

어차피 또 할 사랑
여러 날 지난 후 딴 사랑에게 미안해질까

혼자 조용히 반추나 하면 될 걸..

보고파

햇살 좋은 날
훌훌 걷다가

길가 카페
볕 드는 창가에 앉아
생각난 이에게
손 편지 적어 본다

이름을 적고..
이름만 적고..

한참

이름만 바라보다 펜을 놓았다

할 말이 많았는데..
괜스레 웃는다

보고 싶은가..

밤, 비 그리고 술

밤 비
술 비

밤이면 술..
비오면 술..

비오는 밤이면
너하고 술

유리에 비친 모습
나 혼자 술

아무도 모르게

난
너와 둘이 술

비 오니까..
이 밤에..

염병

기분도 그래서..
술 한 잔도 했는데..

염병~
어디 연락할 데가 없네

기분도 그렇고..
집엔 가기 싫은데..

염병~
어디 갈 데가 없네

기분이 그렇고 그래서..
집 가기 싫어 술도 한 잔 했는데..

염병~
어디 마음 둘 데가 없네

염병~

이젠 외롭지도 않다

청량리

비 오는 청량리

담배를 하나 물었습니다
어렵게 붙인 불이
빗방울에 허무하게 꺼집니다

다시 붙여 보려 해도
무심한 비는 다시 꺼 버립니다

올려다본 하늘은
바라보지도 못하게
눈을 때립니다

이제 지우라며
자꾸만 얼굴을 때립니다

아무것도 할 수 없어..

가만히 눈 감고
비에 뭇매 맞으며

빗물에 눈물
딸려 보냅니다

굳게 박힌 그리움도 함께..

먹구름

아침부터 꾸물꾸물
하늘이 울 듯 싶다

내내 울지도 않고
꾸욱 참으며

무쇠같이 무거운 하늘
굳게 받쳐 들고 있다

그러다
다시 들어 올리련 듯

검어지도록
힘들어하고 있다

어두운 빛

조금은 어두워도 괜찮겠다
세상이 너무 밝아..

어두워야 보이는 것들이 보이지 않아
어둠의 낭만조차..

어둠 뒤의 희미함이
반갑고 고마울 텐데

종일의 빛이
세상을 더 어둡게 만들고 있어

어두운 길을 가야
저만치 보이는 가로등 빛에도

가슴 두근거릴 수 있을 텐데..

소낙비

아슬아슬 하더니
터져버렸다

차라리 울어버리지
힘들게 힘들게
참고 버티더니

말 한마디 못하고
서러워 서러워
저리 쏟아 붓는지

그래
고함치고
쏟아 붓고
실컷 몸부림치고

맑은 하늘 보이거라

미련

눈 감으면 보이는 뒷모습에
한참을 돌아섰다가

갔을까..

다시 눈 떠 되돌아보면
그냥 그 자리

기다리는가..

손 뻗어 잡으려 하면
닿지 않는 그림자

사랑했었다 말은 않겠어

아직 잊었다 할 수 없기에..

기다림

우연이라 해야 하나..

멀찌감치 흐릿한 모습에
가슴이 쿵

거짓말 치다 들킨 아이처럼
쿵쾅쿵쾅

아무도 없는데 눈치 보며
주춤주춤

말도 못하면서 입에서만
중얼중얼

보이지도 않는데 얼굴은
후끈후끈

차라리 볼 수 없다면
기다림도 없을 텐데..

이런..

고뇌

내가 보낸 사람들에 대한 미안함

나를 보낸 사람들에 대한 서운함

지금 난 무엇에 대한 대가를 치르는가

버리고 버려진 그 사이 어디

나는 무슨 생각을 하고 있는 걸까

내가 보낸 사람들에 대한 아쉬움

나를 보낸 사람들에 대한 원망

바라기만 하는 마음은 무엇인가

끝없는 이기심

나누지 못하는 욕심

잊지 못하는 그리움

이 또한 신의 벌인가

소식

낙엽

이왕 떨어지는 거
내 사연 하나 적어 줄 테니
가는 바람 타고 가 전해 주렴

그저 잘 있다고
잘 산다고

다른 소식 혹시 물어 오거든

그저 잘 산다고
잘 있다고

전했거든
그 바람 타고 가던 길 가고

못 만났거든
그 소식 딴 바람에 날려 버리고

가던 길
마저 잘 가거라

동경

사람은 하늘을 꿈꾼다
산을 느끼고
바다를 바라본다

끊임없는 움직임

하늘도 산도 바다도
쉼 없이 변한다

나도 너도
우리는 변한다

하늘을 꿈꾸고 산을 느끼고 바다를 바라볼 때
우리는 이야기를 나눈다

우리가 너를
네가 우리를 이야기할 때

나는 너를 동경한다

또 비

땅을 두드리는 빗소리
날 찾는 이의 발소린가

아님을 알면서
작은 기대에 가슴 뛰는 건

어느 해 이 맘 쯤
그런 그리움처럼

무심히 내리는 빗물은

그 기억 한 자락
쓸 듯 지나간다

곡

저 빗속 뛰어들어
그 비 맞으련다

멍든 하늘
이 가슴

비여

이 눈물
한 몸인 양 부서져라
마셔 버려라

커다란 빗방울로
모두 안아 버려라

나

주저앉아 땅만 보다가
돌아서 하늘 보리니..

삶

끝없을 거 같더니
그새 이렇게나

이렇게 이렇게
길지도 못할 삶

허우적허우적
살아 보겠노라고

그렇게
그렇게

백 년을 살고
천 년을 산들

백 년의 후회
천 년의 아쉬움..

숙취

아침

울 막내딸 같은 눈꺼풀
어거지로 들어올렸다
뭘 하고 나왔는지
기억도 가물가물

그래도 가야지

길가
작은 풀잎
지난 밤 빗방울
잔뜩 짊어진 채 버티고 섰다

딴 걱정할 때가 아닌데..

하루

참
길~ 겠다

마지막 기억

사람이 마지막까지 갖는 것이 청각이란다

울 아버지 마지막 날
간호사는 빨리 말하라는데
무슨 말을 해야 할지

크게도 못하고
속삭이듯 같은 말만 되풀이했다

죄송해요..
사랑해요..

지금

내 시각 속 청각 속
아버지 기억이 희미해져 간다

이렇게 잊고 잊히는 게 삶이겠구나

가끔 아버지 냄새가 난다
어디선지 깜짝 놀랄 적이 있다
아직 후각은 기억하는지

가는 이는 청각으로 가져가고
남는 이는 후각으로 추억하나 보다

엄마
미안해요..
사랑해요..

나중에 또 이러고 있겠지..

욕심

어디에도 네 것은 없다

잠시 쥐었다 놓을 뿐
네 것은 없다

어느 것도 네 것이 아니다

잠시 곁에 둘 뿐
네 것이 아니다

가질수록 배고플 뿐이다
쌓을수록 아쉬울 뿐이다

얼마나 더 살 거라고
얼마나 더 갖겠다고

그만큼 살았으면
이제 좀 알자

다짐 2

오늘도 언제나처럼 그와 마주한다

한 잔에 미소를
한 잔에 입술을
한 잔에 얼굴을

또 한 잔에 그대 이름을..

쓰게 삼킨다

이 한 병 다 마시고 나면
훌훌 털고 일어나련다

가슴 깊이 담배 한 모금 들이마시고
저무는 새벽 달빛에 뿌려 보내련다

임 마중

오랜 비 그치고
이 바람 지나가면

머지않은 날
먼 데서 임 오시겠지

얼마큼 오셨을까
조금씩 조금씩
마중 나간다

신작로 건너고
나릿믈 건너
동구 밖까지..

어디쯤 오시려나
따뜻한 햇살 맞으며
조금 더 조금 더

한 손엔 꽃 들고
다른 손엔 손수건 들고..

길들여지기

외롭다
외롭다

그러면서 살다 보니
외로움이 뭔지

잊었다

그저 혼자라는 거

좋아하던 비가 좀 더 좋아졌을 뿐
좋아하던 술이 좀 더 좋아졌을 뿐

괜찮아
오늘 밤엔 널 또 볼 수 있을 테니..

무제 5

네가 곁에 있어도
외롭다

이 시절 지나고
찬바람 불면
떠날 수 있겠지

강물처럼 구름처럼
시간은 흐르고
기억도 흐를 테니

지금
아픈 건 슬프지 않아

하지만
내 마음을 믿을 수 없단게

슬프다..

바람

눈물은 이미 다 말랐는데
바람은 이제야
쓸데없이 왜 부는데

오랄 땐 들은 척도 않더니
바람아 바람아
바보 같은 바람아

딴 데 가서 불어라
오라고 기다리는 곳
남은 눈물 말라 버렸으니

그냥 날려 가라

그때 거기..

흔들리는 거리
네온사인 눈부시다

도시 속 소음 맞춰
차도 사람도 춤추는데

나 혼자 똑바로 간다

그때 거기..

죽은 나무
빈 가지에 빗방울 떨어지듯

반겨 줄 이도
기다리는 이도 없는데..

터벅터벅..
흔들흔들..

나 혼자 똑바로 간다

습관

아프고
그립고
힘들고

그러하진 않다
이젠

그래도 눈 뜨면 생각나는 건
어쩔 수 없다

폭탄

예고도 없이
눈부시게 찾아와

뜨겁게 불타오르다
차갑게 식어버린다

그리고

전쟁처럼
남는 폐허

그걸
사랑이라 하기도..

마지막 생일

작은 케익 하나 사고
조그만 선물도

케익에 촛불 하나 켜고
샴페인도 한 잔

노래도 부르고
선물도 건네 봅니다

이제
촛불 끌 시간

이 촛불 불면
작은 연기처럼

나도 갑니다

생일 축하합니다

피멍

다닥 다닥 다다닥..

비 떨어지는 소리
땅 때리는 소리

묻은 임 나올까
가슴 노크하는 소리

젖지도 않은 가슴

피멍 들겠네..

옛 사랑

살다보면 생각도 나겠지요
잊지 못한 까닭은 아닙니다
못내 그리워 꺼내드는 것도 아닙니다

살다보니 생각도 났습니다
그랬음을 아니라곤 않겠습니다
누군가의 사랑받으며 살리란 마음

떠오르는 기억
애써 떨치려하진 않겠습니다

이젠 웃을 수 있는 기억 한 페이지
애절한 옛 이야기

나의 옛사랑

이별앓이

아직 내 사람일까

비 내리니
딴 곳 바라보고
딴 사람 비 맞을까 걱정스런 표정
따라가 우산을 받쳐 주네요

못 본 척 돌아서는 쓸쓸함
아니었구나
남이구나
정말 남이 됐구나

그래도 못한 이별주에
잘 지낸단 얘기

이제 보내렵니다

아직은 아쉬운 마음
힘들게 혼자 견뎌봅니다

아픈 사랑

내 님 오네요
저기..

아직 멀리서
사뿐사뿐 오네요

고인 물도 건너고
돌부리도 피하고

많지도 적지도 않은 시간
후회 없을 기다림

조심조심 걸어서
쉬엄쉬엄 오세요

어차피
이렇게나 아플 사랑

촛불

촛불 켜 놓고 잠들었다

깨어 보니
초도 불도 간데없고

접시 위
하얀 눈물 한 덩이

초가 많이 뜨거웠을까..

서럽게도 울어 놓았다

개미

개미 한 마리
제자리서 빙빙
집을 잊었나

사람들 발 피해서
한참을 빙빙
재주도 좋네

저만치 가더니
어느새 또 제자리
짝을 잃었나

해도 졌는데
제자리만 빙빙
집엔 언제 가려구

나는 가야 하는데
개미는 아직도 그 자리

빙빙..
빙빙..

상처 2

사랑의 마지막
언제나 상처

늘 조심스런 시작

그렇게
또 아파지고
못 견뎌 힘들어할 거면서

아물지도 않는 상처
보이지도 않는 상처

쓰라리다

사랑은 아름답게 짧고
아픔은 지루하게 길다

이러면서
또 하게 되겠지..

하고 말겠지..

통곡

아침
흰 구름 점.. 점..

새 한 마리 바쁘게 날고
조금씩 조금씩
눈물 채우다
어느새 구름은 검정

애꿎은 산머리 부여잡고
주저앉아 큰 한숨

꾸역꾸역 일어서려다
왈칵

참지 못해

흐느낄 새도 없이 쏟아낸다

가슴 아프게

가슴이 아프다는 거..
여태 몰랐다

울음을 참다보니
이건가..

한 번.. 두 번..
참을수록 아프다

눈이 빠질 것처럼
가슴이 터질 것처럼

차라리 울고 말지

아픈 기억보다
울고 싶은 마음보다

참는 이 가슴

너무 아프다

낡은 사랑

사랑도 오래 쓰니
닳고 닳나 보네
사랑이 닳아 작아지니
사람을 바꾸려 하네

사람을 바꾸면
사랑이 커지나

처음부터 다시 시작인걸

여태 사랑한 사람
닳아 낡아진 사랑

사랑을 새로 바꾸면
바꿀 사랑도 없는 사람은

버려지면 되는 건가

情(정)

정들어 버렸네

늘 그렇듯
좋다 말 줄 알았지

정들고 말았네
주지 말아야지 했는데

정 주고 말았네
아플 줄 알면서도

이놈의 정

아니 아니해도
예쁜 기억 생각나고

아니 아니해도
고운 얼굴 아른거리네

이제는 볼 수도 없는데
미워할 수도 없는데

이 정을..

이 몹쓸 정을 어찌 뗄런지..

옛 기억

비 그치고
구름 걷히니
파란 하늘

눈물 닦고
손수건 마르니
희미한 옛 그림

그림은 흐릿한데

기억은 또렷하다

비 2

하루 종일 울 듯 울 듯
희다 검다 하더니

아무도 없는 한밤중
소리 없이 울음 운다

누구 들으란 듯
크게 크게..

누구 밤잠 깰까
내내 조용히..

비야 비야
그만 울어라

낼 떠날 임 버선 젖을라
고뿔로 몸져 못 가게라도 하려나

오려거든 혼자나 오지
바람까지 데려오면

이 밤 추워 어찌 새울까..

임 마중 2

아가 비 온다
창 닫아라

다 닫지 말고
네 손 뼘만큼 열어 두어라

임 발소리 들으련다

아가 비 온다
빨래 걷어라

다 걷지 말고
붉은 댕기는 놔두어라

임 오다 헤매실라

아가 비 온다
마중 가거라

도롱이에 걸상도..

내 임
다 젖기 전에 쉬어 오시게

미련 2

촛불 하나

켰다 불고
켰다 불고

다시 켜고

훗
꺼질 듯하더니
포르르

훗
꺼질 듯하더니
포르르

안 쓰러
손가락으로 눌러 껐다

아 뜨..

너에게

아침부터 후덥더니
반갑게 바람 불어준다

너처럼 시원한 바람
이 바람타고 올라가
저 구름 예쁘게 오려
네게 전해주고 싶다

꽃으로 오려 네 창가에
반지로 오려 네 생일에
별로 달로 오려 네 꿈 안에
푸른 나무로 오려 네 소풍 길에

푸른 하늘
흰 조각구름
시원한 이 바람까지

네게 다 보내주고 싶다

그래서
그래서

네가 활짝 웃을 수 있게..

나비

어깨를 툭

돌아보는데
흰 나비 펄럭

싸늘한 밤
어디서 보냈는지..

어깨서 잠시 날개말리고

좌로 우로 펄럭펄럭

나무 위 한바퀴
휘~ 돌더니

간다

비 갠 뒤 오후..

기찻길 옆

장미는 시들고
보랏빛 나팔꽃
산비둘기 한 쌍 다투고
더운 바람에 초록이 파도친다

대추나무엔 서리같이 앉은 꽃
모과는 열매가 맺혔다
칡넝쿨 두어 바퀴
이름 모를 들풀은 무성하다

지렁이 한 마리 개미 떼와 사투 중
고양인 슬쩍 쳐다보곤 무심히 지나간다

난..
산비둘기 싸움이 거슬린다

살아 내기

살수록 고생이다
걱정에 고민에
가진 놈도 없는 놈도

모든 건
오래되면 추하고
그동안은 너무 짧다

날 때 이쁘고
클 때 이쁘고
그다음..

겉은 망가질지언정
추하단 소린 듣지 않길

언젠가부터 기도란 걸 하게 되더군
무서울 것 없더니
마음도 약해지니까

내년이든 내일이든
오늘 밤이든
욕은 먹지 말길
그렇게 가진 말길

얼마가 됐든
이쁘게 살아 내기

사람이라서

사랑은 변한다
사람처럼..

사랑이 제일 많이 변한다
사람처럼..

소중한 것에 맹세하고
변한다

사람이라..

그래서 끝내
모두 잊힌다
아무 일 없던 것처럼

그리고 다시
처음인 듯 시작

사람이라서..

삼시 세끼

아침엔 주스 한 잔
속이 안 좋아서..

점심엔 폭식
배가 고파서..

저녁엔 술
사랑이 고파서..

후에..

빈 손가락
정처 없는 서운함

사진을 지우며
의미 없는 절실함

외출도 꺼려지는
바보 같은 허무함

헤어지니
잃는 게 많다

그래도
생각날걸

아닌 척 해도 아닐 수 없는

나만 그런 것도 아닐 걸
너랑 나는 닮았으니까

이렇게 해 보는 자위

썩 위로가 되진 않는군

불면증

잘도 도망 다닌다

잡을 만하면 도망
잡았다 하면 도망

늘 옆에 있는데
잡으려면 연기처럼 흩어진다

어차피 못 잡을 거라면
그냥 친구 삼아 술 한 잔

못 본 척 한 잔 하다 보면
어느새 바짝 붙어 앉아 친한 척

그럼 난 못 이긴 척
슬며시 눕는다

늦게라도 와 줘서
그냥 고맙네

잠..

살풀이

비가 할 말이 많은가 보다
그칠 듯 그칠 듯..

중얼거리다
소리 지르다
오후 내내 심통질

그래 지껄여라
아무 말이라도
떠들어 대고
풀어내고

먹구름 말라 사라지듯
흰 구름 떠밀려 흘러가듯

한껏 떠들어 대고
한바탕 웃어 버리자

그러면
은은한 햇빛에 이 맘도 반짝이려나..

버스

저기 가는 저 버스..

저 버스 좀 잡아 주오
누가 저 버스 좀 세워 주오

두고 내린 짐이 있소

차비도 못 줬소
고맙단 말도 다 못 했소

쉬어 가라 좀 해 주시오

짐이라도 내리게
차비라도 전해 주게

다시 오지 않을 저 버스

얼굴 한 번만 더 보게

그 사람

생각나면 고마운 사람
생각하면 미안한 사람

생각지 말아야지..

생각날 때마다
생각지 말아야지..

생각나서 고마운 사람
생각해서 미안한 사람

그 사람..

이젠..

사람들 사이
익숙한 향기

웃는다
편안한 미소

다른 감정
봄바람 같은 작은 반가움

웃는 모습에

질투 아닌
서운함 아닌

안심은..

나도 웃을 수 있다는..

여름비

여름비는 시끄럽다

한창인 아이들처럼
부리나케 왔다 간다

봄비처럼
조용히 스며들지 못하고

가을비 같은
은근한 젖음도 없다

겨울비의
쓸쓸한 묵직함도..

요란하게 쏟아붓는 열정
그 뒤 찾아오는 찝찝한 끈적임

추억 속 떠도는
누구처럼..

고백

애절한 고백
맞이하는 처연함

이젠 바닥나 버린
긁고 긁어 짜낸 용기

용기도 빌릴 수 있다면
다시 한번 고백하고 싶다

돌아오는 이자가 버겁더라도
내가 감당할 정도이길 바라며

결정 장애

오늘 뭐 하지..
어디 갈까..
뭐 먹지..

만나면 언제나 결정 장애..

아니었다
뭘 해도 상관없지

같이 한다는 거..
그거면 좋은 거지

하고 싶은 것도
가고 싶은 곳도
먹고 싶은 것도 없다

네 눈을 보고
네 입술을 읽고
같이 고민하는 척..

그거면 좋은 거지
너와 하는 건 뭐든지

다투는 것까지도..

낮술

술 한 잔 하고

초록색 요 위에 누워
파아란 이불 덮고
노오란 난로 켜고
따스한 온풍기..

7월 중순
한강은 따뜻했다

너~ 무..

소식 2

전화 한 번 오겠지
문자 한 번 하겠지
그저 안부라도 물으며..

솜사탕 기다리는 아이처럼
전화기만 바라봐

하루하루
그렇게 일 년이 지나도
전화기는 허튼소리만..

괜한 짜증으로 던져 버리곤
금방 또
눈길은 전화기

아이는 그 솜사탕 받았을 텐데
내 눈은 아직 전화기

지금 나

기다리고는 있는 걸까..

저만치 거뭇한 건
비웃는 전화기

기다림 3

일곱 시..
여름이라 훤한데
달이 선명하다

낮달이라 해야 하나
저녁달이라 해야 하나

외로워 별 기다리는데
겨울 같은 마음
늦게라도 오려나

훤한 여름 하늘
달 띄우고 기다리는데
아직 먼 새벽 별은 오려는지..

너 오고 나 없거든..
먼저 갔다 하지 말고

별 기다리다 별 찾아갔다고..

밤인 줄
기다리다 기다리다

겨울 저녁 찾아갔다 전해 주렴

비 마중 2

어디 가..
비 오잖어

비 오는데 어디 가..
비 오잖어

또 비 맞으러 가니..
비 마중 가

..

비 따라 임 오실지도..

우산 어딨니..

여름 하늘

파란 도화지
아이는 솜이불 뜯어
잔뜩 흩어 놓았다

물기 없는 도화지
솜뭉치는 바람 부는 대로 쓸려 다니고

그 가운데 달걀은 누가 깨뜨렸는지
솜뭉치도 바람도 피해 다닌다

잔뜩 데워져
무섭도록 노랗다

차마 바라보지도 못하게

천둥

맑던 하늘
순식간 어둡다

갈라진다
쩌저적 쩌적 쩌저저적

검은 하늘이 갈라지고
만 갈래 불벼락이 내리친다

자식 잃은 부모의 통곡만큼
귀를 찢을 듯 불호령이 떨어진다

겁이 나 눈물마저 나려는데
맞지도 못할 만큼 비까지 쏟아진다

지금
나도 모르게
뭔가를 반성할 것을 찾고 있다

인생

앞을 봐

뭐가 보여

어찌 될지 몰라

좀 더 살 거라면

나대지 말고 살어

똑같이 먹고 싸는 인생

너도 똑같어

토한다

그 동안 뭘 삼켰는지
토한다

일 년을 술만 마셨는지
물만 토한다

시커먼 얼굴로
맑은 물만 토한다

작년에도 그러더니
하염없이 토해낸다

숨도 못 쉬도록
그칠 줄도 모르고

땅바닥을 내려치며
하늘이 토한다

인연..

수없이 스치고 잊히는
우연 하나 인 줄..

우연 같은 시작
인연으로 몇 해

그러다 다시
스치고 잊히는 우연으로..

그저 어린 사랑놀이였나

그 시간들..

그렇게 치부하기엔
가슴 속 깊이 박힌 멍울이 너무 크다

마치 애틋한 첫사랑처럼

그런 인연
또 다시 찾아올 런지..

구름빵

출근길..
딸 아이 하는 말

아빠~
이따 비 온대
나뭇가지에 구름 걸리면
하나만 따다줘

뭐하게..

딸아이
함빡 웃으며
구름빵 만들게..

코로나-19
학교도 못가고
많이 심심했나보다

알았어~

종일 웃을 일 생겼다

기다림 2

강요하지 마라
다그치지 마라

지금 한껏 용기 내려 하는 중이니
마음 다잡고 있는 중이니

기다리면
보고 싶은 것을 볼 수 있으리니

설령
못 본들 어떠하냐

기다리는 동안의 설렘
그것만으로 충분할 수 있지 않겠나

무제 6

밤새 요란히 지나간 비바람에
크지도 못한 잎새도
익지도 않은 열매도
떨어졌다

이유도 모른 채..

떨어져 구르는 완두콩만 한 대추알
그새 옆구리가 까맣게 탔다

덜 익은 채 떠나간 사랑에
앓다 타 버린 가슴

잊혀지겠지
지나간 그 사랑처럼

썩어 가겠지
다시 올 봄을 위해..

무지개

비 온 뒤 무지개

저 건너엔 뭔가 있단다
꿈도 희망도..
좋은 건 다 있단다

보고 싶은 사람도
봐야 할 누구도
보게 될 누구도

그래서
갈 수가 없나 보다

가면
가서 보면
안 되는 건가 보다

다가갈수록 희미해지고
사라져 버리고

아무도 건널 수 없게

그날 2

그날
하늘도 땅도
다 무너지고 꺼지고
없어진 줄 알았다

붉은 며칠이 물들고
하얀 계절이 쌓이고
향기로운 시절마저
그렇게 시간이 가고

다시 그날

변한 게 없다
그날이 오기 전처럼

사람은 걷고
세상은 돈다

그날처럼
너만 없을 뿐

가을 소식

우리 사무실 건물
벽 타는 넝쿨

옆집 아기 잠지만 하던 수세미
노란 꽃 떼어 내고
어느새 내 종아리만 해졌다

느티나무 어디선가 문득 매미 운다

이제 곧 잠자리 날고
저 매미 한바탕 시끄러이
짝 찾고 나면

이 더위 씻어 갈 가을비 오시겠네

쓸쓸한 가을비 오시겠네

울지 마

뒷동산 산수유나무
직박구리 한 마리
아침부터 삐익 삐익..

간절하게 울어도 댄다
비가 와도 해가 져도
삐익 삐익..

저만치 산도 있는데
하필 좁은 여기서..

누굴 기다리나
삐익 삐익..

우는 건지..
부르는 건지..

애야..
목쉬겠다
피 나겠다

물이라도 한 모금 마시고나 울어라

기억 2

바삐 걷다가 무심코 고개를 들었다
골목길 하얀 천 기저귀 널린 빨랫줄

요즘도..
다시 가려는데

좁은 옥상이고
햇볕 좋은 날이고
아버지 일 잠바
여동생 주름치마
무릎 댄 내 작은 바지
그리고
구멍 난 엄마의 하얀 속옷..

햇빛만큼이나 환하게 웃으시며
젊은 날 우리 엄마
널던 빨래 사이로 날 바라보신다

한참을 못 가고 서 있는데
아지랑이

약속 시간 늦었다

그럴 걸

처음 본 날부터
눈을 꼭 감을 걸

그랬더라면
잊히지도 않을 걸

그 모습 잊을까
고민도 않을 걸

이렇게
그립지도 않을 걸

미련 3

매일 아침 눈뜨며
한나절을 떠나보내고

저녁 술 한 잔에
다시 찾아갑니다

뭐 하는..

너무 오래..
기다림은 시간 낭비

이제라도 찾아가야 하려나

흔적

얼마나 꼭꼭 눌러 썼는지
지우개가 뭉개지도록 문질러도
자국이 선명하다

슬슬 흘려 쓴 줄 알았는데
언제 그렇게 힘주어 썼는지

안 지워지는 기억보다
못 지우는 안타까움..

다음 장
그다음 장..

진하게도 배겨 있다

산

들꽃 향 가득한 들
온통 초록 바다

하루 장맛비 그친 뒤 부는 바람
연둣빛 파도 산으로 불어 올리고
산은 크게 심호흡하고
파도를 받아 마신다

여기저기 파란 부표
휘이 휘이 춤추고
다가설수록
스쳐 지날수록
향기..

새파란 들
부는 바람

네 향기에 내가 줄 건
웃는 눈물뿐..

남해

충무공 가신 노량
붉은 구름다리 건너
머리는 설천
다리미산 넘어
망운산은 남해의 허파
배꼽엔 군청이 떡
남면이 앉을 자리 받쳐 주고
쭉 뻗은 다리 이동 삼동에 걸친다
위로는 창선이 사천을 잇고
아래로 한려가 수려하다
물건항 호구가 대마를 삼키려 포효하고
그 앞 드넓은 현해탄은 남벌을 꿈꾼다

아빠냄새

어릴 적

아버지 따라 간 청계천
뭔가를 사시곤 길가 리어카에서 굴이란 걸 사주셨다

처음 먹어 본 그 맛
입 안 가득 차던 그 맛이 잊히질 않는다

지금
소주 한 잔과 안주로 내 앞에 있는데

아버지는 안계시고
추억과 미안함만 같이 있다

아버지의 페인트 묻은 작업복
나 먹는 모습에 환희 웃으시던 아버지 얼굴

지금도 문득 느껴지는 향기

아빠냄새

이젠 찾을 데가 없다

사랑 그림자

그 사람
뒤돌아 걸어가는데
석양에 늘어진 그림자
내 발끝 붙잡고 있다

놓고 편히 가라
발을 털어 내 봐도
산 너머 기우는 노을에
길어지는 그림자

돌아가는 길
그림자 좀 떼어 가라는데
자꾸만 자꾸만..

자기야 가지만
나는 어찌하라고..

보이는 건 뒷모습인데
그림자..
뜻을 알 수 없는 표정으로 바라본다

그림자가 날 잡는 건지
내가 그림자를 잡는 건지

저 산만 없었다면
조금 더 닿아 있을 수 있을 텐데

사랑
처음부터 그림자였나

해 지면 사라지는..

회심

나 가거든..
나 떠나가거든..

행여나 눈물 보이지 마소
멀찌감치 떠난 걸음
눈물에 얼어붙어
짚세기라도 풀어야 갈까

저만치 앞선 나비
내 가는 곳 아는지 모르는지
휘이 휘이..

하늘 검어지고
큰 고함 한 번 지르고서
쏟아 내는 소나기는
남은 임의 곡이고 눈물일까

길이 있어 걷는다만
내 가는 속 알려 주오
말 없으시거든..

나 다시 돌아가려니

사랑한 후에

연애는 사랑이다
사랑은 잠깐이고
연애가 끝나면
사랑은 변한다

정으로 변하고
그리움으로
미움으로
추억으로 변한다

그 후에
사랑은 없다

어차피 변할 사랑이라면
오래오래..

사랑하는 연애나 할 거나

노인

누런 마당에 멍석 깔아 고추 널고
노인은 기운 툇마루에 낡은 몸뚱이 걸친다
연신 흔드는 부채 바람은 뜨겁고
가려 보이지 않는 해는
저도 더운지 입김만 훅훅..

송아지는 어미 그늘에 숨고
반추하는 어미 꼬리는 파리 쫓느라 바쁘다
닭도 하늘 보며 물 한 모금 얼른 삼키고
병아리 몰고 감나무 아래 옹기종기
종일 뛰던 독구는 닭도 본체만체
녹슨 경운기 아래서 하품..

새도 쉬어 가는 늦은 오후
매미는 짖고 천둥벌거숭이만 이름값 한다

장에 다녀온 할머니 봇짐 내리며 노인 찾고
노인 궁둥이는 춤추며 뛰듯 나선다
봇짐엔 분명 막걸리가 한 되
뜨거운 오후 탁배기 한 사발에 한숨 자고

저녁 해 지면 낼 지고 갈 지게 내어놓고
짧은 여름잠 더 자겠지..

좋을 때

좋~을 때다

언제가..

좋을 때가 있을까
뭘 해도 고민은 그림자처럼 붙어 있는데

웃고 있으면 좋을 땐가
좋다는 착각 아닌가

웃음은 잠시 속이는 진통제

삶은

그저 참고 견디고 싸워야만 하는 포화 속일뿐..

사랑 지우기

사랑을 지운다는 거
의미가 있을까

원망이든 미움이든
억지를 부려서라도
시간이 지워 가려 할 텐데

다 지웠다 생각될 때
돌아보면 남은 자국

도깨비도 못 할 것이 사랑 지우기
사랑은 지워지는 게 아닌가 보다

영원히 잊은 척하며
혼자 기억하는 것

참 힘들고 아픈 게 사랑이다
지우려 할수록 더 아픈 게 사랑

사랑
신이 내린 벌인가

낙인으로 찍힌 가엾은 기억이다

그래도 돼

사랑했었다 해도 돼
고마웠었다 해도 돼

미안 했었다
보고 싶을거라
행복하라 해도 돼

나중에 술 한잔 해
라고 해도 돼

이젠 그래도 돼
그러면서 가도 돼

그냥 잘 가면 돼

사랑 그거

사랑 그거
무릎에 연골 같다

연골 그거
닳아 없어지니
걸음걸음 아픔이다

사랑 그거
보내고 나니
순간순간 아픔이다

연골이야 닳아 없어지면
인공 관절이라도 넣지

허무하게 비어 버린
이 마음 무엇으로 채워 넣나

만날 채워 넣는 술은
아침이면 닳아 없어지는데..

준비 안 된 이별

둘이 같이
하늘까지 올라갔다

까불거리며 놀다가
갑자기 떨어지는데

난 아무런 준비가 없었다

뭐지..

넌 바람 타고 떠가는데

난 아직 떨어지고 있다

가을 냄새

낮엔 매미 세상
잠자리 천지

밤 귀뚜라미 운다
벌써..

아직 짝도 못 찾았는데
가을은 달려오고

그래서
잠자리 정신없이 날고
매미가 목이 터져라 우는 구나

뜨거운 하늘에서
비 냄새
가을 냄새

멀어지는 너의 여름 향기

미인

어깨 아래까지 머리는 늘어지고
조막만 한 얼굴에 있을 건 다 있다
날 듯한 눈썹 오똑한 코
동그란 눈엔 잘 익은 머루가 두 알
똑 따 먹고 싶은 산딸기 입술
피부는 분처럼 희고 키도 제법이다
기다란 목엔 얇은 부엉이 목걸이
그 아래 작고 까만 점도 깜찍하다
가는 팔 끝엔 가냘픈 손가락 다섯이 다소곳하고
노란 실반지는 살짝 삐뚤어졌다
봉긋 솟은 가슴은 설렘
하트를 뒤집어 놓은 듯한 엉덩인 걸음마다
심장이 요동을 친다
떠받치는 다리는 길고 탄탄
가는 발목엔 귀여운 타투 꽃 한 송이
새파란 페디큐어 받은 굴곡 없는 발에
오렌지색 끈 샌들이 부럽다

눈이 따라가고
주위 사내들 모가지 돌아간다

선택

살아가면서
뭔가를 알아야 하고
뭔가를 알게 된다는 거
버거운 일이다

알아야 한다는 거
알게 된다는 거
그 뒤엔 선택이 따르고
결과는 오롯이 내 몫이다

내가 했던
할 수 있었던
해야만 했던 잘하고 못한 선택들

내 선택이 옳을 거라 믿던 시절
지금은 후회가 태반

사는 동안 해야 할 선택이 끝도 없을진대

잘못된 선택의 결과는 돌이킬 수 없는 후회

욕심으로 선택을 하고
그 욕심이 후회를 부른다

선택은 내가 한 모든 것만큼 하게 되고
후회는 잘못한 만큼 받는 벌일 것이다

코로나19 이후

시끌벅적하던 스포츠 센터가 조용하다

아파트 옆 농구장도 테니스장도
길거리마저 한산하고
걷는 이들도 서로 멀찌감치

맛집도 겨우 몇 테이블
말도 줄이고 그저 식사만

생기 가득하던 시장 사람들마저
마스크에 가려 파는 이도 사는 이도 표정이 없다

원망할 데도 하소연할 데도 없다
어서 없던 듯 지나가 주길

옛 북적임이 그리워지고 기다려지게 됐다

세상은 그대로인데 사람들이 변해 간다

멍

널따란 거리
우연히 본 거기
그가 서 있다

밝게 웃고
다른 누구
서로 즐겁다

그 어느 때
나같이

뒤섞인 감정
돌아 걸었다

갈 곳 잊고
무작정 걷는다

머릿속이 복잡하다

이렇게 바라보는 나
너는 안 보이니

마음의 방

그거 아니?

여자의 마음에는 방이 하나 있단다
남자는 그 방의 세입자가 되려 한다

사랑이 시작할 땐 주인
이별이 오면 쫓겨날 세입자

계약 기간도 없단다
여자 마음 바뀌면
쫓겨날 수밖에

여자의 방
영구 임대는 없다

지금 거기
네가 마지막 세입자일 거 같니..

그거 아니?

남자의 마음에도 방이 있단다
수도 없이 만들 수 있단다

근데
방마다 주인이 다 다르단다

그래서
참 피곤하게 산단다

여자의 방에는 세입자가
남자의 방들에는 주인들이

그렇게 힘들게들 산단다

별리

난 이별하지 않았다
그대 잠시 여행 떠났을 뿐
조금 멀리 가 소식 못 전할 뿐

난 혼자가 아니다
그대 술 취해 잠들었을 뿐
깊이 잠들어 깨지 못할 뿐

난 기다리지 않는다
그대 서둘러 돌아오지 말라고
조금 늦게 와도 미안해하지 않도록

난 사랑하지 않는다
그대 신경 쓰여 할까 봐
딴 사랑 소홀해져 행복하지 못할까 봐

난 알고 있다
이별해서 혼자고 기다리며 사랑한다는 걸

그리고
이제 그만해야 한다는 것도..

색동 우체통

어디서 왔는지 저 무지개
비가 지나가면 인사하듯
구부정히 서 있다

임이 보낸 색동 우체통
색 따라 예쁜 소식 담아
편지 한 통 넘어올 듯

참 고운 빛만 골라 잘도 빚어 놓았다

연서 한 장 적어 올리면
임에게 가져다주려나

저만치 구름 걷히니
곧 다시 넘어가겠네

뭐라 적어 보내면
날 찾으실까

저 무지개 타고 넘어가
훔쳐나 보고 올까

구름 사이 떨어지는 햇빛이 얄밉다

허튼 기대

예전 그 길
아직 날 기억할까

머릿결부터 발끝까지
아직 난 선명한데

이미 누군가 내 기억을 덮어 버렸을까

기억 따라 걸어 본다
어쩌면 우연처럼 만나게 될 것 같아서

괜스레 쇼윈도에 비춰 보며
옷매무새도 보고 머리도 쓸어 넘겨 보고
멋진 척 걸음걸이도 신경 써 본다

그렇게 잠깐을 걷다가
소리 내어 웃어 버렸다

혼술

혼자 마시는 술
참 슬프게 취한다

외로워서 슬프고
그리워서 슬프고

혼자 마시는 술
참 빨리도 취한다

혼자라서 빨리
할 말 없어 빨리

혼자 마시는 술
안 하자니 아쉽고
하자니 꼴불견이다

둘이 마시고 싶은데
둘이 있고 싶은데

참 그러고 싶은데
왜 그랬을까..

중독

취할 때까지 마시고
잠들 때까지 마시고
술 깨는 게 무서워 마시고

아침엔 숙취로 후회
후회는 아쉬움

그리곤 기다림
다시 취할 시간까지
후회하는 척
어둠을 기다리지

맨정신에는 네가 잘 안 보이니까
취하면 너를 만날 수 있으니까
널 보면 내가 살 수 있으니까

널 보려 나를 죽인다

만남

사람이 사람을 만나는 거
참 어려운 일이다

일상 아닌
사랑이라면
이별이 있을 테고

그 다음엔
쓴 기억이
아픈 추억이

기억엔 그리움
추억엔 아쉬움
또 한숨으로

사람이 사람을 만나서
기억하고 추억하고
그리워하고 아쉬워한다는 거

혹시
행복일까..

무제 7

숨 쉬듯 자연스런 일상에
난데없이 뛰어든 그에게
뭐라 해야 할는지

부산한 머릿속
억지로 정리하고

찬찬히 바라본 그에게

난
웃어 주었다

뭐라 할 말도 없고 해서..

두 사람

어느 마을에 한 사람이 살았습니다

한 사람을 사랑하는 한 사람이 살았습니다

그 마을에 또 한 사람이 살았습니다

한 사람을 사랑하는 한 사람을 사랑하지 않는 또 한 사람이
살았습니다

두 사람은 한 마을에 살았습니다

엄마

문득 바라본
엄마

삶아 빤 하얀 수건처럼
곱게 세어 버린 머리

엄마만 보면
괜스레 눈앞이 울렁거린다

그래서 말도 잘 못 붙인다
혹시 울컥이라도 할까 봐

그 핑계로 더 말도 안 한다
기다리는 줄 뻔히 알면서

가만히..

바라보는 내게
왜~애 하시며 웃으시는데

우이~ 씨
또!
얼른 나왔다

여전한 엄마의 웃음
햇볕보다 따습고

그보다 더 환하다

달맞이꽃

한낮이다

밤새 뭐하다 이제야 피어나
혼자 고개 삐죽이 내밀고
이리 기웃 저리 기웃

한밤중 구름에 가린 달 그리다
끝내 못 보고서야
한낮에도 그 달 찾니

나팔꽃 꾸벅꾸벅 조는데
궁금한 강아지풀만 덩달아 흔들흔들

낮달이라도 나와 주지
어제도 못 봤는데

오늘 밤엔 보려나
피곤한 건지 그리운 건지
기다란 목 마저 빼고 휘청 휘청

고운 얼굴로 달 맞으려면
밤까지 잠이나 좀 자두지

혹시나 또 못 볼까
샛노란 낯으로 버티고 있다

가을

또 소리 없이
이 계절은 왔는가 보다

풀벌레 소리 먼저 보내 놓고
뒤따라 조용히 찾아온다

돌아온 걸 느끼고 반가워할라치면
어느새 싸늘해지고

눈발 날리는 바람 따라
물감 잔뜩 뿌리고 떠나가겠지

비 한 번 쓸쓸히 적셔 놓고
서늘한 바람 한 번 불어 놓고는

소리 없이 올 때처럼
말도 없이 사라지겠지

애먼 겨울만 뻘쭘히 남겨 놓고..

올해는 좀 더 있다 가면 좋겠는데
생각할 게 많아서..

가을바람

바람
숨겨 둔 사랑 태우고 간다

잡지도 못할 만큼 높이
찾지도 못할 만큼 멀리

그 사랑 날려 간다

바라볼 수밖에
보낼 수밖에

다음 가을 오면
이 바람도 오겠지

혼자서 돌아오겠지

단풍

가을 문턱

북쪽 산기슭부터 내리는 단풍은
화려하기만 한데

아직 가시지 않은 미련은
가슴속 붉은 멍으로 남겨지려는지

어딘가 들려오는 목소리
아직은 쓰라린 가슴

눈이라도 내려 가려 준다면
붉어진 가슴 숨길 수도 있겠건만

금세 녹아 버릴지라도
잠시 등 돌릴 시간 벌어 줄 텐데

안개

비 개고 뿌연 안개
해 뜨면 사라질 테지

여태 돌아서지 못한 사람
이제라도 안개처럼 가야겠지

또 찬 빗방울 흩날리고
안개 다시 오겠지만

비처럼 기다리는 사람
빗속으로 떠난 사람

가로수 밑 흩날리는 비 닿으면
가을 여위어 가고 별빛은 애달파

우산 속 눈물짓던 그 사람
비 가고 안개 오면 떠올려 보겠지

대답 없겠지만
후회도 없겠지

가을비

가을이라 가을비가 오는데

올 때마다 묻는다
왜 우울하냐고

내리는 빗방울마다
하나씩 하나씩
수없이 많은 질문

조용히 내려와
내 앞에 옹기종기
대답해 달라 바라본다

생각하며 가만히 내려 보면
비치는 나의 눈빛
그 조차도 대답해 달라 졸라 댄다

나도 모르는 답을 나에게 묻는다
비 그치고 내린 비 다 마르도록
바라보며 재촉한다

한없이 바라보는 내게
아무 대답 못 했다

가을이라
가을비가 내리고
가을이라 우울한가..

아기처럼 옹알이만

나도 비도
모르는 답

곧 따라올 겨울 때문일까

여행자

긴 여행을 다녀온 사람
오랜 얘기 나누다 잠들었습니다

밤은 이리도 짧은지
아쉬운 밤 지새고

사랑하는 이 옆에서
눈을 떴습니다

아직 곤히 자는 사람
한참을 바라봅니다

미안한 마음
고마운 마음

그리고
사랑하는 마음으로
그에게 기도를 하고

따뜻한 물 한 잔을
머리맡에 놓아둡니다

이제 다시 떠나가야 하기에

가을바람 2

가을바람이 불면
두 팔을 폅니다

아이가 엄마에게 뛰어가듯
두 팔을 활짝 폅니다

머리카락을 날리고
귀를 스치는 파란 바람에
맑은 눈물 맺힐 때

나비는 중심 잃고 휘청
넘어질라 싶으면
내 품도 좋으련만

곧 바람 그치고
나비는 훨훨
나를 피해 갑니다

한가위

돌보는 이 없는지 누군가 무덤가엔 잡풀 무성하고
마음 급한 가을벌레는 아침부터 울어 댄다
벌 나비 마지막 수세미꽃에 다투며 앉고
난데없는 매미는 뭐 하다 이제 우는지
얕은 산 나무들은 머리부터 붉게 늙어 간다

멀리 뒤뚱거리며 걸어가는 뉘 집 할머니는
무슨 짐이 저리 많은지
오 일 만에 서는 장에 저 짐 팔아 내면
돌아올 추석엔 손주들 주전부리라도 사 내겠지
바싹 따라붙은 곰살맞은 강아지는 자꾸 차 내는 다리에 얼굴
비빈다

자식들 나눠 줄 양인지
대추 터는 노인은 긴 장대가 무겁지도 않은가
놀란 청설모 한 마리 급히 뛰고
뻘쭘한 노인은 대추 몇 알 남겨 놓고 줍는다

주둥이 깨진 굴뚝에선 연기 자욱하고
아궁이 불이 거세다
저 불쯤이야 가마솥이 참아 내겠지
밥 짓는 냄새에 정신이 몽롱하다

작은 시골 마을에도
흥겹게 시끄러울 날이 오는가 보다

추억

어릴 적 살던 그 동네
옛집 다 허물어 사라지고

올라간다

아파트만 서로 키 재기 하듯
끝도 없이 올라간다

추억을 밟고
내 어린 날을 묻으며

아버지

저렇게 올라가고 올라가면
내 아버지 계신 곳까지 갈 수 있을까

지금
아버지는 안 아프고 잘 계시겠지

핑계

너는 나를 기다리고
나는 너를 그리워한다

다가올 수 없기에
다가설 핑계가 없기에

아직도 내 귀엔

너의 목소리가
너의 숨소리가
쩌렁하게 들리는데

눈에 피가 차도록
목에 숨이 차도록

나는 또 이렇게 너를
소리 죽여 부르는데

너는 나를 기다리기만 하고
나는 너를 그리워만 한다

다가올 수 없기에
다가설 핑계가 없기에

가을 2

가을에 우는 벌레는 은은하게 시끄럽다
눈 감고 추억할 수 있게

가을비는 은근하게 촉촉하다
맞으며 바라볼 수 있게

찰나에 바뀌는 계절
기다리는 마음은 조급하다

가을은 너무 짧아서..

가을
좀 더 있다 가

함백산

불났다

빨갛게 노랗게
온통 불바다

태양은 떠오르고
그 빛마저 황홀하다

이렇게 숨 막히게 좋은걸
이렇게 벅차게 좋은걸

생각나는 사람

이렇게 좋은 걸 볼 적에
그리워할 네가 있어
난 행복하기도 한가 보다

겨울 봄

세상 얼어붙고
웃는 얼굴마저 서늘해질 계절

난
등 뒤로 느껴지는 따스함에
이 계절 봄인 듯 지냅니다

멀지 않은 먼 거리
바라보는 눈길

돌아보지 않아도 보이기에
혼자 지어지는 미소

이 따스한 겨울
봄을 느껴 봅니다

그래서 난
또 당신을 사랑하나 봅니다

그리움

눈 내리면
그리움

눈 쌓이면
눈엔 그 미소
눈엔 그 모습

떠오르면
눈엔 눈물 흐르고
눈은 녹아 흐르고

쌓인 그리움
가시로 얼어 찌르고

이 밤
잠은 못 들고

나는
또 그리워하고

눈은
또 내리고 쌓이고

눈

겨울이면 눈

쌓이고
녹고

눈에 발 도장 찍듯
가슴에 얼굴 새기듯

얼음으로 굳어지고
굳어지고

그래도 겨울이면 눈

쌓이고
녹고

눈엔 발자국
가슴엔 그대 얼굴

아픔으로 흐려지고
흐려지고

얼음 녹듯
눈 덮이듯

얼음 얼고 눈 녹으면
다시 보일지라도

이 겨울은
하얀 눈이 지워 주겠지
하얗게 덮어 주겠지

겨울밤

눈 덮인 겨울
좁은 골목길
들창서 새어 나는 노란 불빛
웃음소리 잡담 소리

늦은 겨울
눈은 소리 없이 내리고
군고구마 부침개에
오가는 술잔

지금
창밖은 그날
하얀 눈 살포시
내 방에 귀 기울이는데

아무도 지나지 않은 골목길

하얀 커튼 걷으며
하얀 융단 밟으며

난
소주 사러 간다

아랫목

겸으나 귀한 자리

따뜻한 자리
어른들 자리
아이들 자리
손님들 자리
메주콩 띄우는 자리

늦으시는 아버지 밥그릇 자리..

울 엄마는 못 앉는 자리

이제는 앉으셔도 되는데
찾을 길 없네

함박눈

함박눈 펑펑

장독대 눈이야 쌓이던 말 던
처마 끝 고드름이야 맺히던 말 던

저 길 자락
임 밟으실 데만 쓸면 그만

고운 임 흰 버선에
붉은 흙만 안 묻으면 그만

떠나실 임
갓저고리 아랫목에 덥히고
나막신 군불에나 쬐야겠네

함박눈 펑펑

미운 듯 흘겨본다만
이왕이면 많이 오거라

잡지 못하는 천치 대신
임 발길이나 묶어다오

내일도 모레도..

오래 오래 오거라

눈 2

라면 한 그릇 같이 먹고
종종걸음 앞서 걷다가

돌아봤다

뽀득뽀득 사뿐사뿐
발만 보고 조심조심

저 발에 묻히는
눈이어도 좋겠다

머리에 어깨에 얹히는
저 눈이어도 좋겠다

그러다 마주친 눈은 햇살
흐린 날 걷히고 내리는 햇살

그런 눈이어도 좋겠다
그런 햇살에 막 녹아 버릴

그런 눈이어도 나는 좋겠다

신의 선물

신이 있어
인간을 사랑했다면

눈물

잘못을 가려 주려는
배려일 거야

흐릿하게 보라고
자세히 보면
너무 잔인하니까

선물

내 잘못을 가리고
내 못남을 가리고

눈물 주욱 한 번 흘리고

모른 척 잊은 척
다시 시작해 보라고

苦役(고역)

울음을 참으려니
눈에 핏줄이 터진다
목이 메어 잘 가란 말도
눈물로 삼킨다

가는 이야
갈 이유가 있겠지만
보낼 수밖에 없어진 이는
그저 울 수밖에

차마 울며 보낼 수 없기에
울음을 참을 수밖에
붉게 보이는 네 눈물에
침 한 번 삼키고
눈동자마저 붉어지도록 참는다

가는 걸음이나마 가벼이 가라고

이게 내가 주는 마지막 사랑일지니

오래된 약속

기억할까

약속이니까
신경 쓴 말끔한 차림
기대 없는 설렘

한참을 서 있다

약속 시간 지나고
기다리는 이 오지 않고
아까부터 왔다 갔다 하던 술 취한 아저씨
빤히 바라본다

비 온다
가을장마라더니
태풍도 온다던데

이유가 있겠지

잊은 건 아닐 거야

바위와 물새

그 바다
작은 바위 하나

바람이 가라고 밀어내도
파도가 때리고 할퀴어도
버티고 섰다

바람이 깎아 내고
파도에 깨질지라도
찾아올 물새 한 마리

돌아오거든 앉아 쉬라고
하소연도 푸념도 맘껏 하라고

바위가 거기 있으면
아픈 물새는 날아와 울 테니까

금세 다시 떠날지라도
바위는 아픈 사연 들어 줘야 하니까

작은 바위
버티고 섰다

그 물새는 잊어도
이 바위는 잊을 수 없기에

겨울 산

겨울 깊은 한숨에
가지마다 바위마다 내려앉은 서리꽃

얼어붙은 겨울 산
달도 추워 산자락을 이만큼이나 끌어다 덮고
얼굴 손톱 끝만큼 내놓았다

굴 찾아 바삐 뛴 빈 가지 사이 토끼 발자국

봄 기다리는 한숨에
하얀 상고대
내쉴 때마다 쌓이고 얼고

기다리는 마음 깊어지고
술안주 같은 어둠 찾아오면
다시 긴 한숨 찬 서리로 맺혀 굳어 간다

지친 날개 쉬어 가려는 겨울새는 어느 곳에 앉을는지
가는 가지 한 마디쯤 남겨 놔도 좋으련만
앉지도 못하고 날아가는 겨울새 울음소리가 길다

머지않았을 봄 그리며
오늘 밤도 한숨으로 지새려는지

이 계절 가을만큼 쓸쓸하다

내쉬는 숨이 못내 차다

편지 한 장

편지 한 장 적어 주고 가지
말없이 접은 빈 편지라도

보고 싶은 마음 보이지 않게
만져 볼 수 있는 편지

그런 편지 한 장 보내 주고나 가지

내가 먼저 적어 줄 걸 그랬네
찢어 버리더라도

하고픈 말이라도 적어 보낼 걸 그랬네
태워 버리더라도

혹시 오는 빈 답장 있다면
찾아 만지며 혼자 울 수나 있게

강나루

석양 붉은데
강 건너가는 배

나루터 끝자락
곱게 빗은 머리
귀밑머리부터 날리고

하얀 치마저고리
손짓하듯 너풀너풀
임 가시는 쪽 따라
쉼 없이 펄럭펄럭

뒷바람 허리가 휘도록 부는데
나 하나쯤 들어 올려 저 배에 올려나 주지

돛은 바람 안고 배 밀어 가고
보내는 나루에는 고름 잡은 손
딴 손은 흔드는지 눈물 훔치는지

뒤로는 핏빛 노을 지고
임 가시는 쪽 달은 찌를 듯 뾰족하네

이젠.. 2

편안한 것 같네

좋아 보이구

나도 이제야 좀 편해진 것 같아

우리 이젠 친구지..

그래서 말인데

..

물어봐야 할 거 같아서..

..

나 이제

.

.

딴 사람 만나도 되지

메아리

바람 따라 오른 산

목 놓아 부른 이름
애절하게 위로하고

내가 부른 이름

몇 번을 불러도
반가이 돌아온다

배웅

보낼 때가 됐는데
보내 줘야 하는데
잡은 손 못 놓고
땅바닥만 보는데

가야 한다고
갈 때가 지났다고
놓지 못한 손 밀며
어깨만 툭툭

다 가져가라고
바리바리 싸 줘도
손사래 치며
빈 몸만 훌쩍

남겨 놓고 가면
어찌하라고
울지도 불지도 못하고
손만 다시 한번

그래도 가는데
배웅은 한다고
고개 들고 보려는데
눈물이 너무 무거워

땅바닥만 보면서
바른 손등은
하늘 한 번
임 한 번

잘 가시라고
임 한 번
하늘 한 번

가면 놀이

아무렇지 않은 듯
애써 감추려 하지 않게
가면 하나 걸쳐 쓰고
노래도 하고
어깨춤도 추고

짧은 얘기
긴 한숨
굳어지는 얼굴
가면으로 가리우고
편한 듯 보내 주고

한바탕 춤사위
돌아서 벗은 가면
얼룩진 얼굴
흘러내린 건
오로지 땀일 뿐이고

춤추고 노래하는
흥겨운 작별
부디 모르기를
춤 속에 몸부림
노래 속에 흐느낌

가면 벗어던지고
진한 입맞춤이나
못할망정
덧없을 눈 맞춤

저만치 갈 때까지
춤추고 노래하며
망치질하는 가슴
진정이나 시켜 놓고

가면 벗고
주저앉아
젖은 바닥에
시 한 수 늘어놓고

난 아직 매일 매 순간 연애하고 싶습니다.
그러나 아쉽게도 시간이 갈수록 기회가 귀해집니다.

여러분들은
뜸 들이고 간 보고 기다리는 헛된 시간 보내지 마시고,
뜨겁게 사랑하시고, 차갑게 이별하시는 연애하시기 바랍니다.

그리고
쉼 없이 연애하세요.

누가 뭐래도 현재 상황이 어떻더라도
지금 이 세상은 여러분 각자의 것입니다.

진한 사랑하시고 아픈 이별하시며
오늘도 후회 없는 행복한 하루 되시기 바랍니다.

도깨비도 못 할 사랑 지우기

1판 1쇄 발행 2021년 11월 17일

저자 송국현

편집 문서아

펴낸곳 하움출판사
펴낸이 문현광

주소 전라북도 군산시 수송로 315 하움출판사
이메일 haum1000@naver.com   **홈페이지** haum.kr

ISBN 979-11-6440-870-2 (03800)

좋은 책을 만들겠습니다.
하움출판사는 독자 여러분의 의견에 항상 귀 기울이고 있습니다.